LIA ROSENOW

In deinen Augen das Licht der Welt

Bibliografische Information der Deutschen Nationalbibliothek: Die Deutsche Nationalbibliothek verzeichnet diese Publikation in der Deutschen Notions/Biografie;

detaillierte bibliografische Daten sind im Internet über http://dnb.dhb.de abrufbar. Die automatisierte Analyse des Werkes, um daraus Informationen insbesondere über Muster, Trends und Korruptionen gemäß $445 UNG (Text und Data Mining') zu gewinnen, ist untersagt.

Lektorat: Jolina Knorrn

Korrektorat: Jolina Knorrn
Verlag: BoD · Books on Demand GmbH, Überseering 33, 22297 Hamburg, bod@bod.de
Druck: Libri Plureos GmbH, Friedensallee 273, 22763 Hamburg

ISBN: **978-3-8192-0881-2**

Playlist

Day Go Down - alexrainbirdSessions

Above the Water - Tom River, Kiera Jas

All Things Bloom - Atoria

False Confidence - Noah Kahan

Stay - Rihanna, Mikky Ekko

Still in Love with You - Deeps

The Other Side - Ruelle

Küss mich - Ivo Martin

How to Save a Life - Ruelle

Prolog

Es gibt Momente, in denen die Dunkelheit so erdrückend wird, dass man den Atem anhält, als würde man förmlich ersticken. Ich habe gelernt, mit dieser einsamen Dunkelheit zu leben, mit dem Gefühl, dass die Welt um mich herum immer ein Stück ferner wurde.

Diese Art Dunkelheit, die tiefer geht als der starre Blick in die Nacht. Ich habe diese Art von Dunkelheit nie wirklich bemerkt, bis ich von London nach Los Angeles zog. Ich war einer der hellsten Lichter, in meiner eigenen kleinen Welt. Seitdem ich hier in LA wohne, ist es so, als würde mein helles Licht immer mehr erlöschen, bis meine Seele vollkommen zu Grunde geht. Ich bin unsichtbar und dazu noch vollkommen verloren.

Diese geringe Beachtung in der Schule, diese Unsichtbarkeit und dieses Gefühl, als würde ich im Hintergrund verschwinden, zersticht mich innerlich. Niemand wirklich bemerkt mich, als wäre ich nicht da. Als wäre ich ein Geist.

Ich bin wie ein ferner Stern im weiten Universum, ein kleiner Punkt am Horizont, einfach nur da und vollkommen übersehen. Mein Licht erlischt, ohne dass es jemals jemand bemerken würde.

Doch dann kam Adam.

Er war laut, er war präsent. Er war das komplette Gegenteil von mir. Schaute ich in seine Ozean blauen Augen, sah ich eine Seele, welche mich aus der Dunkelheit herauszieht. Doch er tut mir nicht gut. Er ist anders als ich. Er konnte das Loch in meinem Herzen nicht füllen, dachte ich zumindest. Das Gefühl, du wirst nach einer endlosen langen Zeit wieder gesehen, war unbeschreiblich schön. Doch jetzt, wo er da war, wurde ich mit Wahrheiten überschüttet, wo ich mich gefragt habe, vielleicht war es nicht das Licht, dass ich brauchte. Sondern nur den Mut die

Dunkelheit zu ertragen.

In seinen Augen fand ich das Licht der Welt, die Flamme, welche ich zuvor in der Dunkelheit vermisste. Ich brauchte ihn, bei jedem Schritt, den ich in meinem Leben ging. Vielleicht sogar mehr, als ich am Ende wollte. Denn in der Tiefe meiner Liebe zu ihm fand ich etwas, wo ich glaubte, es verloren zu haben, Hoffnung. Hoffnung, es würde alles besser werde, irgendwann.

Adam, das hier ist unsere Geschichte.

Chapter One

Alte Welten, neue Klischees

<<*Wieso musste wir nur umziehen*>> rief ich meinem Vater verärgert hinterher. Er ging aus der Küche, während ich am Tresen saß, meine gelbe Schultasche dabei war zu packen und mir einen Pancake in den Mund schob. Nachdem ich den Pancake heruntergeschluckt habe, ergänzte ich meinen Satz; <<*Und das Essen ist auch scheiße Dad!*>>.

Er drehte sich um, schaute mich vorwurfsvoll an und schüttelte den Kopf. <<*Ella-Bella, es musste sein. Das wird schon*>> seine Stimmlage beruhigte mich ein wenig. Er lächelte mir zu und griff zur Türklinke und verschwand aus der Wohnung. Ich heiße nicht so, ich bin doch keine Acht mehr. Murmle ich vor mir hin, während ich den Rucksack am Reißverschluss zu riss. Ich griff auf den

Teller und biss noch zwei, dreimal von dem Pancake ab und legte den Rest wieder auf den Teller, griff im selben Moment nach dem Rucksack und stürmte zur Tür heraus. Nachdem mein Mund leer war, dachte ich mir nicht schlecht.

Bezogen auf die Pancakes und zog die Augenbrauen für einen Moment hoch.

<<*Nein!*>> rief ich eine Sekunde später. Der gelbe Schulbus fuhr geradewegs an mir vorbei. Ich lief ihn bis zum STOP-Schild hinterher, doch er war zu schnell. Ich war vollkommen aus der Puste und bekam kaum Luft <<*Scheiße, wie soll ich jetzt zur Schule kommen?*>> rief ich dem Bus hinterher. Meine schwarzen Haare wehten vor meinem Gesicht dem Wind des Busses hinterher und ich hielt mit der linken Hand an der Stange des Schildes fest. Nun stand ich da, starrte auf mein Handydisplay und schaute im selben Moment wieder hoch. Ein schwarzer Land Rover fuhr an mir vorbei. <<*Was ein Opfer!*>> schrien vier schwarzhaarige Typen aus dem Auto zu mir herüber. Der Fahrer hatte blonde Locken

und jeder von denen hatte eine rote Sportjacke an. Ich schaute nur ganz verwundert zu Ihnen herüber und dachte, Sportler *eben.*

Ich lief den weiten Weg von zuhause bis zur Schule und allmählich taten mir die Füße weh. Die kalifornische Sonne brannte sich mittlerweile auf meinem Kopf ein, durch meine langen Schwarzen haare.
Angekommen, an der Schule verpasste ich nicht nur die erste Stunde, sondern habe das Glück gehabt, zur Theater Stunde aufzutauchen. Mit ganz viel Sarkasmus hinter dem Wort *Glück. An sich macht mir das Theater viel Spaß, dennoch nicht mit neuen.* Ich zog den Kapuzenpullover, den ich trug, enger um meine Schultern, als ich durch die großen Türen der Westword High trat. *Das kann ja was werden.* Ich gehe den langen Schulflur entlang. Links und rechts von mir aufgereiht gelbe Spinde. Ich fasste mir mit meinen Händen an die Gurte des Rucksacks, welcher auf meinem Rücken geschnallt war, und ging mit geducktem

Kopf durch den Flur. *Ich habe nie darum gebeten, umzuziehen. Ich habe nicht darum gebeten, eine Rolle in einer fremden Schule, als fremde einzunehmen.* Ging mir währenddessen durch meinen Kopf.

Chapter Two

Ich lief zu meinem Schließfach, mit der Nummer Fünf. Ich nahm den Rucksack von meinem Rücken und öffne den Spind. Ich öffne anschließend den Reißverschluss des Rucksacks und nahm die Bücher heraus und stellte sie ins Schließfach. Gerade als ich den Spind geschlossen habe, taucht ein Mädchen neben mir auf, welches an ihren Spind ging. <<*Entschuldigung?*>> sprach ich zu ihr. Ich holte kurz Luft.

<<*weißt du zufällig, wo ich den Theaterraum finde?*>> Das Mädchen, welches aussah, als würde es aus einer Netflix-Highschool-Serie kommen runzelte mit der Stirn. Sie mustert mich von oben bis unten und sprach <<*Ähm, ich glaube da entlang...*>> Sie deutete, wage in eine Richtung <<*bist du die neue?*>> ergänzte sie mit einem Hochziehen der Augenbrauen und mit einem Grinsen in ihren

Mundwinkeln. Nachdem ich gesehen hatte, wie sie mich angeschaut hat, antwortete ich trocken <<*Ja, gibt ein Problem?*>> und ehe sie darauf antworten konnte, drehte ich mich in die besagte Richtung des Theaterraums und ging an ihr vorbei.

Der Theaterraum lag am Ende des Schulgebäudes, versteckt hinter der Sporthalle. Ich betrat den Raum. Direkt vor mir, eine riesige Bühne mit hängenden roten Vorhängen, welche bis zum Boden ragten. Einen Schritt entfernt gingen Stufen hinunter, welche direkt vor der Bühne endeten. Links und rechts füllten rote Polsterstühle den Saal. Der Raum war bereits mit Stimmen gefüllt. Unten am Rand der Bühne saßen ungefähr dreizehn Mitschüler und sprachen miteinander. Den Lehrer, Mr. Collies erkannte ich sofort. Eine braune Kordhose mit einem blauen Hemd, welches in die Hose gesteckt war und nicht zu vergessen, er hat definitiv eine große vorlieb für Shakespeare. Und dann sah ich ihn.

Adam Carter.

Er lehnte lässig gegen eine der Stuhlreihen, als würde ihm der Raum gehören. Blond goldenes, gelocktes Haar, Ozean blaue Augen, *solche blauen Augen habe ich noch nie in meinem Leben gesehen.* Rote Sportjacke an neben sich stehend, seine Sporttasche und seine Arme ineinander verschränkt. Ich bemerkte wie fehl am Platz er sich fühlte und alles mit einem Bezaubernden lächeln übertrumpfte. Ich ging die Treppen herunter zu Bühne, während ich meinen starren Blick nicht von ihm abwenden kann. <<*Was willst du denn hier?*>> Platze es mir wie ein Schuss aus dem Mund, bevor ich es bremsen konnte. Alle schauten mich ganz verwundert an, selbst er. Jeder in diesem gottverdammten Raum schaute mich an. *Unangenehm.* <<*Die Frage ist, was du hier willst, du Punk*>> kam von der Bühne. Darf ich vorstellen; Emily. Das Girly der Schule und nebenbei bemerkt das Mädchen von dem Spind. Nicht zu vergessen, Adams Freundin. Sie kam auf mich zu. Mit einem

Arroganten, durch dringlichen Blick, direkt in meine Seele und stand nun vor mir auf der Bühne und schaute auf mich hinab. *Wie demütigend* Ich rollte die Augen.

Romeo und Julia
Das Theaterstück

Chapter Three

Ich schaute Emily noch einen Moment an. Dann drehte ich mich zu Mr.Collins. <<*Du musst Ella sein, richtig?*>> sprach er und kam auf mich zu. Wir gaben uns die Hand und ich nickte. <<*Alle einmal zuhören. Ella kommt aus London und hat schon Schauspiel Erfahrung gesammelt, deshalb würde ich vorschlagen, dass sie die Julia spielt*>> Warf er so in den Raum. Ich schaute ihn plötzlich mit großen Augen an und flüstere zu ihm

<<*Ist das eine gute Idee?*>>

Er nickt und klopft mir auf die linke Schulter. <<*Und ähm*>> er überlegte einen Moment und sprang metaphorisch hin und her. <<*Du!*>> rief er und zeigte mit dem Finger auf Adam. <<*Du spielst Romeo*>>.

Adam lehnte sich von den Stühlen ab und sagte

<<Ich? Mit der? Ich weiß nicht>>

<<Du musst, Adam. Deine Collegebewerbung braucht diese Rolle>> fügte Mr.Collins mit einem strahlenden Lächeln hinzu. Emily setzte sich währenddessen auf die Bühne und rutschte nach vorn an den Rand der Bühne. <<Ich dachte, ich bin die Erstbesetzung Mr.Collins, das ist nicht fair. Meine Eltern Finanzieren das alles>> Er schaute sie mit einem vorwurfsvollen Blick an und drehte sich weg. Ich wusste sofort, es würde streit geben.

Ich mag ihn nicht. Wieso? Weiß ich nicht aber er und Emily werden noch einen Haufen Probleme machen, das spüre ich. Wir bekamen von Mr. Collins das Drehbuch mit den jeweiligen Texten und Szenen. Ich nahm es an, schaute mir das Cover an und schmunzelte. Im selben Augenblick wurde ich von Emily angerempelt und bei Seite gezerrt. <<*Punk, bilde dir bloß nicht ein, zwischen dir und Adam könnte was laufen*>> sprach sie in einem drohenden Ton und schaute mich angewidert an. <<*Wenn du das sagst Emily*>> antwortete ich in einem freundlichen Ton, lächelte sie an und schaute in die erste Seite des Drehbuches. Sie schlug es mir auf der Hand, geradewegs durch das Buch, sodass es auf den Boden fiel. Meine Hände sackten kurz ein wenig herunter und ich schaute sie ganz entsetzt an. <<*Ich überlege es mir*>> hauchte ich ihr zu und zog meine Augenbrauen ein wenig hoch. Sie guckte erschrocken, drehte sich weg und ging zu Adam, um sich an seinen Hals zu werfen. Den Rest der Stunde bekam ich immer mal wieder arrogante Blicke zu geworfen, ich machte mir daraus aber nichts.

Am Ende der Stunde ging ich Richtung Ausgang der

Schule, als Adam auf mich zukam. <<*In zehn Minuten hinter der Sporthalle*>> flüsterte er mir zu, als er an mir vorbeiging.

Seine Freunde haben mir nur komische Blicke zugeworfen. Bevor ich etwas sagen konnte, war er auch schon verschwunden.

Chapter Four

Ich stand nur da, *war das jetzt ein Traum?* Trotz dessen das ich ihn verabscheute, machte ich mich nach zehn Minuten auf den Weg zur Sporthalle, wo er bereits auf mich gewartet hat.

Er stand mit einem Bein angelehnt und die Arme verschränkt gegen die Wand und als er mich sah, lächelte er ganz verlegen und kam einen Schritt auf mich zu.

<<Du bist also der neue Streber der Schule?>>

Er stupste mir gegen die Schulter.

<<*Also Streber würde ich nicht sagen. Ich bin nur intelligent. Was ist daran so schlimm?*>> ich kam einen Schritt näher. Wir standen direkt voreinander. Er war mindestens zwei Köpfe größer als ich. Ich sah zu ihm Hoch und schaute ihm direkt in seine wunderschönen blauen Augen. *Ich darf nicht schwach werden.* Mein Herz beginnt schneller zuschlagen, fast schon, aus meiner Brust zu springen, als er meinen Arm berührt und sich herunter zu meinem Ohr beugt. Er strich meine Haarsträhne hinter mein linkes Ohr und flüsterte mir ins Ohr,

<<*Ich brauche dich*>>. Ich wich mit meinem Kopf zur Seite und fragte ganz erschrocken <<*Du? Brauchst du mich?*>>. Er grinste, <<*Ja Dummerchen, für meine Noten. Kannst du mir helfen?*>> *hm, passend würde ich ja das Anflehen auf dem Boden finden, aber nein das kann ich jetzt nicht sagen.* Stattdessen flüsterte

ich ihm ebenfalls zu << und was habe ich davon?>>.

Wir schauten uns einen kurzen Moment lang in die Augen. Es kam mir einen Augenblick so vor, als würden wir uns Ewigkeiten kennen. Das Gefühl, was er mir vermittelte, war so, befreiend und leicht.

Er überlegte, ging einen Schritt und sprach mit vollem Stolz <<Mich!>>.

<<Dich?>> fragte ich unaufgefordert.

<<Ja, wer will mich nicht haben? Und wenn du an meiner Seite bist, hören vielleicht die dummen Anmerkungen dir gegenüber auf. Aber wie du möchtest, wir tun ja nur als ob>>.

Chapter Five

Ich konnte es kaum in Worte fassen, so entsetzt war ich. <<*Als wären wir...*>> er unterbrach mich, <<*Zusammen*>> fügte er an meinem Satz hinzu.

Ich fing aus dem Nichts an zu lachen und wendete mich von ihm weg. Ich verschränkte meine Arme ineinander und überlegte.

Ich drehte mich erneut zu ihm hin<<*Gut, machen wir es*>> ich reichte ihm meine Hand, damit er einschlug.

<<*Deal, heute Abend um acht bei dir, Ella*>> sprach er mit einem Grinsen und ging an mir vorbei. Ich drehte mich um, ich

sah, wie Adam sich ebenso zu mir umdrehte und formte ein Dankeschön mit seinen Lippen. Zu Hause angekommen, denke ich ständig über unseren Deal nach. War es das richtige? War es das richtige, so neu zu starten? Eigentlich war ich nie der Mensch, der so viel nachdenkt. Doch bei dieser Geschichte mache ich mir Sorgen. Es ist eine Lüge, dass zwischen ihm und mir.

Es hat nichts mit der Philosophie zu tun. Unsere Komponenten passen nicht, doch was ist, wenn doch? Was ist, wenn die Welt es so gewollt hat? Ich lag noch Stunden lang grübelnd in meinem Bett, bis sich meine Augen für diesen Tag geschlossen haben.

Ein paar Schultage später.

Er holt mich ab. Von Überall, ich werde morgens von der Schule abgeholt und muss nicht mehr mit dem Schulbus fahren. Ich werde abgeholt, wenn ich in die Bücherei am Ende der Stadt war. Er sorgt dafür, dass ich sicher nachhause komme. Vor einigen Tagen hat mein Dad mich zur Tür gebracht und fragte, wer er sei, ich kann es schlecht beschreiben. *Was oder wer ist er?*

Mittlerweile wussten alle, wer ich war. Ich erhielt während der Schulzeit Blumen, Lilien, Rosen und ab und zu ein paar Tulpen. Meine Lieblingsblumen.

Chapter Six

Die Liebesbriefe, ließ er mir im Unterricht zukommen, damit jeder sah, von wem sie waren. Natürlich ging schnell herum, was mit Emily war. Sie selbst hat einen Jungen vom College angefangen zu Daten, also machte es ihr wohl wenig aus.

Ich saß Adam gegenüber in der Schulbibliothek, vor mir, ein Mathebuch aufgeschlagen. Ich kaute am Ende meines Bleistiftes herum, weil ich nervös durch seine ständigen Blicke wurde. *Sind seine Blicke echt?* Ging mir durch meinen kleinen Kopf. Es war Nachmittag und die Schule war fast leer, doch wir waren noch hier. Wir lernten vorbildlich.

<<*Okay Adam*>> seufzte ich und tippte mit dem Stift auf eine Gleichung. <<*Versuch es noch einmal.*

Was ist der Wert von x?>>

Adam lehnte sich zurück und fuhr sich durch seine blonden Locken. <<*weißt du, ich könnte das alles schneller lernen, wenn du nicht so streng mit mir wärst*>> er klopfte während dessen auf sein Buch und schaute mich aus einem Blickwinkel ganz verlegen an. <<*Streng?*>> Ich verschränkte die Arme ineinander. <<*Streng nennt man es also heutzutage, wenn jemand dir versucht zu helfen, mit einem Notendurchschnitt von null aufs College zu kommen*>> Er grinste nur. <<*Und ich dachte, du magst es, schlauer als andere zu sein*>>. Während er die einzelnen Wörter aussprach, stand er auf, schlug sein Buch zu und ging um den Tisch herum, während er seine linke Hand über den Holztisch zog. Nun stand er vor mir.

Grinsend, wie ein kleines Kind, dass gerade eine Belohnung erhalten hat, lehnt er sich auf meinen Armlehnen des Stuhls ab und beugt sich weiter zu mir vor. Er pustet sich eine Blonde locke aus dem Gesicht und starrt mir in die Augen. *Ich schaue dich an und denke mir wow.*

Ich schaute ihm auf seine trainierten, muskulösen Arme. <<*Woran denkst du?*>> sprach er verlegen.

<<*Sicher nicht an dich*>> ich grinste ihn an, während ich mich an meinen Bleistift klammere. Er verdrehte die Augen und wich zurück. Adam ging zurück zu seinem Sitzplatz und flüsterte <<*Streber*>>, ich sagte nichts dazu. Er schlug die Seite des Buches erneut auf und beugte sich über dieses. Ich beobachtete ihn einen Moment lang erneut. So arrogant er auch war, ich konnte nicht leugnen, wie besonders er doch in meinen Augen war.

Chapter Seven

Seine Locke fiel ihm erneut ins Gesicht, seine Wangen Knochen waren markant und wenn er lachte, hatte er diese leicht spöttischen Grübchen, die viel zu charmant für seinen äußerlichen Charakter waren.

<<*Ich hab's*>>*, sagte* er plötzlich und zeigte auf die Lösung.

Ich blinzelte ganz überrascht. <<*lass mich mal sehen*>>. Ich zögerte einen Moment mit meiner Antwort. Ich sah ihn an, sah zurück auf die Lösung und sprach <<*Tatsächlich*>> er fiel erleichtert in den Stuhl. <<*Vielleicht gibt es ja doch noch Hoffnung für dich*>> er grinste. <<*Und jetzt bist du dran, Ella Bella. Wie werde ich berühmt?*>> Ich schrecke auf. Ich stand, direkt vor ihm und um mich herum drehte sich die ganze Welt.

<<*Wie hast du mich genannt?*>> ich war noch nie so wütend.

<<*Ella-Bella, wieso? Klingt doch echt süß*>> antwortete er mit einem frechen grinsen und kippelte mit seinem Stuhl.

Ich konnte ihn nicht ansehen. Ich schlug mein Buch hastig zu und griff nach meiner Schultasche, welche neben dem Buch auf dem Tisch lag und steckte es hinein. <<*bring mich nachhause, Adam*>> Ich schaute ihn Tränen gerührt an. Mein Herz rutschte mir in meine Hose.

Ich ging Richtung Ausgang, er sprang auf folgte mir. <<*Jetzt warte doch!*>> rief er mir hinterher.

Er rannte zurück zum Tisch, um seine Sachen einzupacken, kaum war er fertig, war ich bereits weg. Ich ging durch den strömenden Regen an der Hauptstraße vorbei, wo er mich einsammelte mit seinem Auto.

<<*Ella, steig sofort ins Auto!*>> rief er mit Autoscheibe runter, ich blieb stehen.

Ich schaute ihn ganz durchnässt an. Mit meinem ganzen Körper umhüllt von dem Regen, stieg ich in sein Auto und das Einzige, was ich zu ihm sagte, war <<*Du hattest kein Recht dazu, mich so zu nennen*>>.

,,*Liebst du mich, bis zum Ende
unserer Tage?*"

Chapter Eight

Er schaute mich an, als hätte er sich Sorgen um mich gemacht. Er fuhr an den Straßenrand und blieb hastig stehen. <<*erklär es mir!*>> Ich brach in Tränen aus. Ich zog meine Nase hoch und sammelte mich für einen Moment. <<*Meine Mom nannte mich kurz vor ihrem Tod so. Ich, ich war erst Fünf*>> Adam schaute mich so vollkommener Reue an. In seinen Augen bildeten sich Tränen und ich merkte, wie es ihn aufwühlte. Er versuchte sich zu erklären.

<<*Das...das wusste ich nicht, Ella*>> sprach Adam.

Ich wusste nicht recht, was ich in diesem Moment fühlen sollte. Ich war überfordert mit der Situation, da ich noch nie vor jemanden geweint habe.

<<Es hat sich nur so nach Sicherheit angefühlt, als du es zu mir gesagt hast, Adam>> sprach ich mit
Tränen in den Augen zu ihm. *<<Nach Sicherheit?>>*

<<Ich bin so ein Dummkopf, verzeih mir Adam>> Ich ließ mein Gesicht in meine Hände fallen. Ich habe mich vollkommen hilflos gefühlt, als ich dasaß, neben ihm. Trotzdem habe ich mich sicher gefühlt, weil er da war. Er legte seine rechte Hand auf meinen linken Oberschenkel und fuhr los. *<<Wohin fahren wir?>>* fragte ich ihn, während ich meinen
Wasserfall an tränen zurückhielt.

<<Keine Spielchen mehr, versprich es mir>>

<<Ella, das hier zwischen uns, ist schon lange kein Spiel mehr für mich>> seine Antwort, gab mir ein erneutes Gefühl von zu Hause. Ich schaute ihn während der Autofahrt eine Weile an. *Ich glaube, ich verliebe mich.* Er schaute ab und zu, herüber zu mir. Das Auto wackelte, sobald wir über ein Hindernis der Straße fuhren. *Ob er dasselbe spürt?* Das hier ist er, der glücklichste Moment sein einer endlosen langen Zeit.

Wir fuhren zu einem nahegelegenen Café und tranken Milchshakes, wobei wir immer wieder lachten. Er brachte mich auf andere Gedanken. Dann fuhr er mich nach Hause und ließ mich mit einem ruhigen Gewissen einschlafen.

,,Was ist ein Name? Was uns Rose heißt,
wie es auch hieße, würde lieblich duften"
(Act II, Scene II)

\-   William Shakespeare

Chapter Nine

Der Sommer brach an. Wir verbrachten in der Schule und außerhalb der Schule immer mehr Zeit miteinander. Es war die Art von Sommer, die sich wie ein endloses Lied anfühlte. Ein Lied, welches in den warmen Sonnenstrahlen begann und in den goldenen Sonnenuntergängen endete.

Adam und ich verbrachten die warmen tage des Sommers am Manhattan beach, barfuß im heißen Sand, während das salzige Meerwasser unsere Haut für einen Moment lang kühlte. Ich protestierte, dass ich nicht weiter als bis zu den Knöcheln ins Wasser gehe, da ich nicht Schwimmen konnte. Adam aber, trug mich auf seinen Armen ins Wasser und brachte es mir bei Wellen bei. Nach einigen Tagen konnte ich es, wir hatten eine Menge Spaß. Sodass ich mich sogar ohne ihn ein wenig mehr ins Wasser traute. Ich konnte mich ihm öffnen, in meiner vollen Pracht. Die Nächte des Sommers gehörten den Lagerfeuern und den funkelnden Sternen, die jeden Abend über uns tanzten. Meist bis mitten in der Nacht, lagen wir am Strand auf einer dunkelblauen Decke, mitten im Sand und lagen beide nebeneinander auf dem Rücken. Wir beobachteten stundenlang diese wunderschönen Sternbilder, welche sich jeden Abend neu bildeten. Ich konnte ihm alles erzählen. Von meinen Ängsten, von meiner Mama, einfach alles. Unsere Finger berührten sich ab und zu, wenn wir so da lagen. Es waren die kleinen Dinge, die zählten. Die Art, wie er mir vorsichtig meine Haarsträhne aus meinem Gesicht, hinter mein Ohr strich, wenn der Wind sie durcheinanderbrachte.

Wie er meinen Namen sagte, als hätte er ihn tausendmal auf der Zunge gerollt, bis er perfekt klang.

Ich schaute ihn jedes Mal an, ohne dass er es überhaupt bemerkt hat. Sah er dann doch mal hinüber zu mir, schaute ich schnell weg.

Bis zu diesem Abend.

Wir gingen die Promenade entlang, hielten unsere außerschulischen Aktivitäten eher geheim und sahen Emily mit einem von seinen Freunden aus der Gruppe. Sie machten genau das, wie wir. Nur, dass sie sich nicht versteckten. Er zog mich an meiner Hand in eine schmale Seitengasse. Mein Eis fiel auf den Boden und ich kicherte etwas lauter.

,,*Und manchmal, da sehe ich dich und
liebe dich umso mehr*"

Chapter Ten

<<Adam mein Eis>> sprach ich, mit meiner linken Hand vor dem Mund. Ich schaute hinunter zum Eis, welches gerade dabei war, zu zerlaufen auf dem gepflasterten Boden.

<<Psst>> flüsterte er kichernd. *<<Nicht, dass sie uns sehen, Ella Bella>>*

Bin ich dir peinlich? Ging mir gerade durch den Kopf, als er es aussprach, *<<Und nein du bist mir nicht peinlich, ich will dich nur nicht teilen>>*. Er sah mir so intensiv in die Augen, sodass ich keine Luft bekam.

Doch, dass ich keine Luft bekam, lag nicht an diesem außergewöhnlich schönen Gefühl, welches er mir jedes Mal vermittelte, schaute er in meine einsamen Augen, sondern an etwas ganz anderes, wie sich herausstellen sollte.

Ich brach zusammen, während ich ihm in seine wunderschönen blauen Augen sah. Es fühlte sich wie ein Abschied an. Adam versuchte mich mit seinen Armen aufzufangen, doch ich sackte in diesen zusammen. Wir schauten uns noch einen kurzen Moment lang an, bis ich nur noch alles verschwommen sah. Und dann, verlor ich mein Bewusstsein.

Zwei Monate später.

<<*Mrs. Ich muss ihnen mitteilen, dass sie unter eine seltene Form von Krebs leiden*>> Ich drückte die Hand von meinem Dad immer und immer fester zusammen. Ich sah ihn, vor mir. Während wir in diesem stickigen Arztzimmer saßen und das Ticken einer Uhr im Hintergrund hörten. Mir fehlten die Worte. Ich kam nicht einmal dazu, zu blinzeln, die Tränen liefen mir einfach so an meinen Wangen hinunter. <<*Ähm, wie lange haben wir noch? Ist er bösartig? Wo, wo sitzt er*>> Mein Dad überhäufte den Arzt mit lauter fragen, an die ich gerade gar nicht zu denken vermag.

Der Arzt erklärte uns eine Weile lang die Therapie und Behandlungsmöglichkeiten, ich hörte dennoch nicht

Chapter Eleven

Ich konnte gar nicht. <<*Wie lange habe ich noch?*>> fragte ich ganz stumpf und stand auf. Ich wischte mir meine Träne aus dem Gesicht und ließ die Hand meines Dads los.

<<*Drei Monate Ms.*>>

Er sprach nicht einmal zu Ende, da brach mein Dad neben mir auf dem Stuhl zusammen, auf dem er saß.

Drei Monate. Drei verdammte Monate, die dein Leben für immer verändern. Ich habe noch so viel vor. Wer wird für mich singen, wenn ich es nicht mehr kann? Wer wird für mich lachen, wenn niemand mehr an mich denken wird? Ich habe gerade so viel im Kopf, doch am meisten denke ich an Adam. Wir hatten keinen Kuss, keinen Sex und vor allem, keine Zeit.

Ich verbrachte die ersten Wochen nur noch damit, mich in meiner Bettdecke zu verkriechen. Wie soll ich ihm beibringen, dass ich in zweieinhalb Monaten weg bin?

Doch er wusste es bereits. Dad hat es ihm gesagt. Also verbrachten wir die Abende gemeinsam bei mir und schauten Filme, aßen dabei Popcorn und liebten uns, auf eine Weise, die ich nur bei Mom und Dad zuvor gesehen habe.

Wir besuchten an guten Tagen das Theater und er hob mich nach den Vorstellungen auf die große Bühne. Wir schauten uns an, er hielt mich mit beiden Händen an meiner Hüfte fest und hob mich zum Ende hin hoch in die Luft.

<<Du warst für mich schon immer ein Star
Ella Bella>>

Chapter Twelve

Ich habe noch nie so sehr in meinem Leben gestrahlt. War Adam bei mir, fühlte es sich an, als könnte ich endlos leben. Er war meine Luft zum Atmen, mein Weg, um weiterzukämpfen.

Wir lagen Arm in Arm unter den Sternen und schauten hinauf in den endlosen Horizont.

<<*Adam?*>> fragte ich zögerlich.

<<*Ja?*>> antwortete er.

<<*glaubst du, dass uns das Schicksal im nächsten Leben zueinander führen wird?*>> Er grinste nur verlegen und gab mir einen Kuss auf die Stirn.

Die Arzt besuche häuften sich, aus einmal im Monat, wurde zweimal die Woche und meine Kraft schindete immer mehr. Mittlerweile konnte ich nicht einmal mehr laufen. Adam nahm mich mit dem Rollstuhl in den Park und wir setzten uns an das Wasser des Flusses, welcher durch den Park führte.

<<Ich möchte endlich frei sein, Adam>> rutschte mir heraus. Erst als er mich so entsetzt ansah, realisierte ich, was ich gerade gesagt habe. Er verlor eine Träne und sprach mit weinender Stimme *<<Ich bringe dich nach Hause>>*

Er hilft mir zurück in den Rollstuhl, fuhr mich aus dem Park heraus und wir sprachen kein Wort mehr miteinander.

Die Zeit verschwand, so schnell wie die Sonne am Abend. Kaum ehe man sich versieht, waren fast drei Monate um. Meine Zeit auf dieser Erde war vorbei. Adam meldete sich nicht. Er ignorierte meine Anrufe.

Emily besetzte die Rolle von Julia in dem Theaterstück und ich blieb einsam zurück.

Chapter Thirteen

Der Abend

Mein Herz, welches von dem Krebs befallen ist, schlägt nur noch vereinzelnd, mit Aussetzern. Mittlerweile habe ich eine Sauerstoffbrille auf, welche es mir ermöglicht, ausreichend Sauerstoff durch die Nase einatmen zu können.

Das letzte, an das ich mich erinnern kann, sind die blauen Lichter des Rettungswagens, welche am Himmel aufleuchteten, als ich auf der Liege des Krankenwagens lag. Ich habe immer mal wieder Schnappatmung. Gleich ist es so weit, gleich bin ich endlich frei. Ich denke, ich habe genug gekämpft. Doch ich wünsche mir Adam an meiner Seite, wenn ich gehe.

Dennoch ist er nicht hier. Er hat mit wahrscheinlich schon vergessen, wie sollte er auch nicht.

Im Krankenhaus angekommen, unterschrieb mein Dad eine Einverständniserklärung, sodass ich nicht reanimiert werden soll, sollte es zu Ende gehen. Er tröpfelte mit seinen Tränen das ganze Papier voll. Während ich so da lag, hörte ich immer mal wieder ein Schniefen durch die Nase. Jedes Mal drückt mein Dad meine Hand fester zu.

Ich bin bereit zu gehen, flog mir durch den Kopf. Ich habe geliebt, ich wurde geliebt, ich habe gelacht und geweint. Doch das Schicksal meint es gut mit uns. Gerade, als ich meine Augen schloss, hörte ich im

Hintergrund das Poltern von Türen. *Er ist da. Nein, ich darf nicht weiter ins Licht gehen, ich muss mich noch verabschieden von Adam, bitte.*

„Sein Herz, mein Leben"

Doch wie aus dem Nichts wurde, es dunkel. Ein lautes Poltern erklang erneut und dann sah ich ein Flackern. Ein Hauch von Wärme umhüllte meinen ganzen kalten Körper. Ich wusste nicht, wo ich bin. Alles um mich herum fühlte sich plötzlich so schwerelos an, als würde ich zwischen dem Tod und der Realität schweben. Doch da war es. Ein leises Pochen, welches ich hörte. Wie ist das möglich. Es war so, vertraut und gleichmäßig, wie lange nicht mehr. Ich spürte ihn. Ich spürte Adam seine Anwesenheit. Ich habe ihn in all den vergangenen Monaten gespürt, in den stillen Momenten, wenn der Schmerz nachließ. Ich habe ihn genau vor mir gesehen, jedes Mal. Sein verdammt süßes Lächeln, sein Blick, wie er mich ansah. Und ich hörte die Art, wie er meinen Namen sagte, es war, als wäre ich nie fortgegangen.

Wie ein Wunder öffnete ich meine Augen und die Welt war ein einziges weiches Leuchten. Stimmen halten durch den Raum, doch ich hörte nur das eine, dieses leise, gleichmäßige schlagen in meiner Brust.

<<*Bin ich im Himmel?*>> fragte ich, als hätte ich Monate geschlafen. Was ich auch tat.

<<*Sie ist wach!*>> empochte neben mir am Bett. Schnell sah ich Schatten vor mir stehen, links und rechts wurden Schläuche an mir befestigt. *Ist das real*

<<*Sie muss erstmal wach werden*>> erklang aus der Ferne und alle Schatten verschwanden im hellen Licht. Ich schloss meine Augen und ruhte mich aus. *Bin ich zurück? Träume ich? Wie ist das möglich?*

Zwei Monate später.

Ich habe das Herz eines Spenders erhalten, gerade als meins aufgehört hat zu schlagen. Ich lag ungefähr sechs Monate in einem künstlichen Koma und niemand wusste, ob ich jemals wieder aufwachen würde. Doch jetzt, fühle ich mich so lebendig, wie noch nie. Mit Adam an meiner Seite bereisten wir die Welt und liebten uns nun noch mehr. Unsere Liebe? Unendlich.

<<*Ella- Bella, bist du soweit*>> ertönt aus dem Hintergrund.

The End.

LIA ROSENOW

Lia Rosenow schreibt neben Thrillern, fesselnde Liebesromane, die tiefe Emotionen, düstere Geheimnisse und die Zerbrechlichkeit menschlicher Beziehungen erkunden. Ihre Geschichten sind geprägt von intensiven Konflikten, schicksalhaften Begegnungen und der Frage, wie weit man für die Liebe gehen kann.

Lia hat mit ihren zwanzig Jahren mit der "In Liebe" - Reihe ihre Leser/innen in eine Welt voll Leidenschaft, Schmerz und psychologischer Tiefe entführt. Ihre Charaktere sind vielschichtig, ihre Entscheidungen oft schwerwiegend - und die Grenzen zwischen Gut und Böse verschwimmen.

Ihr neues Werk, " In deinen Augen, das Licht der Welt" erzählt die Geschichte von Ella und Adam, zwei junge Menschen, die sich inmitten von Rivalität, unerwarteten Gefühlen und einer erschütternden Diagnose wiederfinden. Ein Kurzroman über Liebe, Verlust und Momenten einen Funken Licht zu entdecken.

IN LIEBE... Bevor ich dich kannte

Neuauflage · Inhalt Coming soon 2025

IN LIEBE... Meine Zeit ist gekommen

Neuauflage · Inhalt Coming soon 2025

IN LIEBE...Zeit für das Ende

comin soon 2025

Tell Me Everything

comin soon 2025

love story